GISELDA LAPORTA NICOLELIS

Ilustrações de Célia Kofuji

não se esqueçam da rosa

(BARA O WASURENAIDE)

COLEÇÃO JABUTI Vida

21ª edição revista

Editora Saraiva

Editor: ROGÉRIO GASTALDO
Assistente editorial: ELAINE CRISTINA DEL NERO
Secretária editorial: ROSILAINE REIS DA SILVA
Suplemento de trabalho: ROSANE PAMPLONA
Coordenação de revisão: LIVIA MARIA GIORGIO
Gerência de arte: NAIR DE MEDEIROS BARBOSA
Finalização de capa: ANTONIO ROBERTO BRESSAN
Projeto gráfico e diagramação: SETUP-EDITORAÇÃO ELETRÔNICA S/C LTDA.
Produtor gráfico: ROGÉRIO STRELCIUC
Impressão e acabamento: Vox Gráfica / op 286100

Dados Internacionais de Catalogação na Publicação (CIP)
(Câmara Brasileira do Livro, SP, Brasil)

Nicolelis, Giselda laporta
Não se esqueçam da rosa : (Bara o wasurenaide) ; ilustrações Célia Kofuji — 21. ed. — São Paulo : Saraiva, 2009. — (Coleção Jabuti)

ISBN 978-85-02-07965-6

1. Literatura infantojuvenil I. Kofuji, Célia. II. Título. III. Série.

02-3380 CDD-028.5

Índices para catálogo sistemático:

1. Literatura infantojuvenil 028.5
2. Literatura juvenil 028.5

21ª tiragem, 2025

Editora Saraiva

SARAIVA Educação S.A.
Avenida das Nações Unidas, 7.221 – Pinheiros
CEP 05425-902 – São Paulo – SP
www.coletivoleitor.com.br

Tel.: (0xx11) 4003-3061
atendimento@aticascipione.com.br

CL: 810033
CAE: 571334

Para o lado japonês da família:
Fumiko, Yoko, Mieko e Yuri.

Para todas as vítimas de
Nagasaki e Hiroshima.

SUMÁRIO

I

II

III

IV

V

I
O DESPERTAR

As pessoas acordaram como sempre na cidade à beira-mar. Acenderam os fogareiros para a primeira refeição: arroz branco, picles, chá e uma sopa rala — a *misoshiru* — feita com massa de soja. Muitas crianças ainda estão dormindo, alguns velhos também. É uma hora cálida, de quase silêncio, o sono da noite ainda repousa nos olhos das pessoas que se preparam para o novo dia...

De repente, a *hecatombe*! Do céu, desce uma coisa estranha, mortífera e cruel, que ninguém compreende, mas que em poucos minutos arrasa a cidade... noventa por cento dela. Numa área de 12 quilômetros quadrados jazem 150.000 vítimas, das quais 80.000 mortas. É o dia 6 de agosto de 1945: o dia que não houve em *Hiroshima*!

— É menina! — O médico sorridente põe o bebê sobre a barriga da mãe. São sete horas, do dia 13 de agosto de 1972, numa cidade do interior do Brasil. O dia nasceu soberbo e ensolarado. Há um céu azul, caprichado, como se comemorasse aquele nascimento, tão esperado. Afinal, a primogênita! O pai, médico também, que assiste ao parto, comenta:

— Bonita como você, Maria!

Ao que a mãe responde, orgulhosa:

— Mas tem seus olhos, Akio!

— Inevitável. — Ri o pai, feliz. Trinta e três anos, nascido no Japão, mas naturalizado brasileiro. Veio menino para o Brasil, aqui se formou. É um dos médicos mais influentes da cidade. Clínico geral à moda antiga, paciente e bondoso, tem entrada em todas as casas, convidado e recebido como amigo/parente. Casado com brasileira, agora a alegria da primeira filha, delicada como uma rosa, frágil, os olhos levemente puxados, denotando a paternidade.

— Já escolheram o nome? — O obstetra termina o trabalho, recolhendo a placenta que veio, inteira e suave, como deve ser.

— Hanako — diz o pai. — A filha da flor.

— Lindo nome, parabéns! A garota parece forte. E vamos amamentá-la, hein?

— Claro — responde Maria. — Vamos torná-la saudável e feliz, como toda criança deve ser.

— Por enquanto você é apenas um *tsubomi* — diz o pai, tomando a filha nos braços.

— *Tsubomi*? — O obstetra sorri. — Lá vai ele começando a ensinar japonês para o bebê, nem bem ele nasceu...

— Botão — traduz Maria. — Ela é apenas um botão. Mas se transformará numa rosa.

— *Akai bara*, uma rosa vermelha — murmura o pai, enlevado.

— Vamos, vamos! — o obstetra termina o serviço. — Quero essa garota falando mesmo é o português.

— Ela falará ambos — promete Maria, recebendo o bebê de volta —, porque faz parte de dois mundos. E assim poderá entender os dois...

Hanako foi a primeira filha. Depois vieram Yoshiko, a filha da bondade, e finalmente Mieko, a filha que merece ser bela. As três lindas e frágeis, como botões prontos a se transformarem em rosas.

Foram crescendo sob a assistência permanente do pai e o carinho da mãe, professora, que desde cedo lhes contava lindas histórias, que as meninas adoravam. A diferença de idade entre elas era pequena: dois anos. Hanako, assim que completou seis anos, entrou para o pré-primário e num vapt-vupt aprendeu a ler.

Foi, então, como um tapete mágico que se desdobrasse ante seus pés... sobre ele voaria, nas asas da imaginação, lendo tudo o que lhe caísse nas mãos... Às vezes, Hanako sumia, mas a mãe sabia sempre onde encontrá-la. Em algum canto da casa, escondida, lendo, lendo, lendo... os olhos puxados e escuros brilhando de emoção.

— Mãe, que história linda! Quando eu crescer, quero ser escritora. Para escrever histórias assim...

— Pode apostar nisso, querida! — Sorria a mãe. Tinha uma predileção oculta por aquela filha, algo inexplicável. Tão delicada e frágil, o pai a definira muito bem: um *tsubomi* que precisava ser tratado com infinito

Coleção Jabuti Vida

Editora Saraiva

não se esqueçam da rosa

GISELDA LAPORTA NICOLELIS

Apreciando a Leitura

Bate-papo inicial

Hanako tem apenas 13 anos e corre risco de vida. Ela sofre de osteopatia – degeneração progressiva dos ossos. Sua doença tem origem genética, pois as células reprodutoras de seu pai foram afetadas pela radioatividade a que estivera exposto durante a explosão da bomba atômica em Hiroshima.

Sem saber ao certo quanto tempo lhe resta de vida, Hanako vai registrando em seu diário as reflexões que faz sobre as guerras e suas vítimas. Pensa em si e compara sua situação com a de Anne Frank, ambas vítimas da ambição e do poder humanos.

■ Analisando o texto

1. Este livro é dividido em cinco capítulos. Relacione cada um deles a uma etapa da vida de Hanako.

R.: ______

2. Esta história inicia-se com informações sobre a grande tragédia que se abateu sobre Hiroshima. Indique:

a) o fato histórico a que o texto se refere;
b) a data do acontecimento;
c) número de vítimas.

R.: ______

3. Relacione o episódio da bomba atômica à família de Hanako.

R.: ______

4. Hanako é nissei. O que isso significa?

R.: ______

5. Embora amigas, as três irmãs possuem personalidades bem diferentes. Indique as características de cada uma.

R.: ______

Pesquisando

14. Faça uma pesquisa, comparando a catástrofe de Hiroshima, ocorrida em 1945, com os atentados de 11 de setembro de 2001 ao World Trade Center e ao Pentágono. Se precisar de ajuda, fale com seu professor de História.

15. Existem diversas obras que tratam da tragédia vivida pelos japoneses em Hiroshima e Nagasaki, em 1945. Se quiser saber um pouco mais sobre esse assunto, veja *Rapsódia em agosto* (*Rhapsody in August/ Hachigatsu-no-Kyoshikyoku*), do diretor Akira Kurosawa, produzido em 1991 (98 min., colorido, legendado). Esse filme apresenta a saga de uma família de Nagasaki, representada pela velha avó, que revive a trágica história com os netos e um sobrinho.

16. Na época em que se passa a história desse livro, havia 317 usinas nucleares em funcionamento no mundo e mais 200 em construção. Em relação ao Brasil, você pode conseguir informações sobre o uso da energia nuclear consultando o seguinte *site*: <www.greenpeace.org.br/nuclear>.

17. Em seu diário, Hanako faz referência a outro livro: *O diário de Anne Frank*. Você conhece essa obra? Pesquise sobre ela e sobre a personagem histórica Anne Frank. Em seguida, compartilhe com os colegas suas descobertas.

■ Redigindo

18. Em seu diário, Hanako expõe suas ideias e seus sentimentos. Não importa se você não tem um diário. Invente pelo menos uma página, contando suas preferências e suas preocupações.

10. Agora que terminou de ler o livro, como você interpreta seu título?

R.: ____

____

____

____

____

____

____

____

Linguagem

11. Na cultura japonesa, a escolha dos nomes das pessoas é feita com bastante cuidado. Observando a relação entre o nome e seu significado, enumere a segunda coluna de acordo com a primeira:

a) Isamu	( ) a que veio do lírio
b) Hanako	( ) viril
c) Akai bara	( ) filho do outono
d) Yoshiko	( ) a filha da bondade
e) Akio	( ) a filha que merece ser bela
f) Mieko	( ) rosa vermelha
g) Yuriko	( ) a filha da flor

12. Durante a leitura, você percebeu que o narrador emprega palavras do português e do japonês. Usando o mesmo recurso, crie suas próprias frases. Use as seguintes palavras: *inoti* = vida; *kibou* = esperança; *sensou* = guerra; *ningyou* = boneca; *heiwa* = paz; *akai bara* = rosa vermelha; *ghenshi-bakudan* = bomba atômica.

13. Depois de Hanako entregar a redação à professora, seu pai piscou, como se dissesse: “Tá na hora da onça beber água”. (pág. 23)
Explique com suas palavras o significado desse ditado popular.

R.: ____

____

6. Qual é a origem da doença de Hanako?

R.: ____

____

____

____

____

7. Depois de conhecer a história de Hanako, o que a escritora Ariadne resolveu fazer?

R.: ____

____

8. "A civilização mecânica acaba de chegar a seu último grau de selvageria. Num futuro mais ou menos próximo, será necessário escolher entre o suicídio coletivo e a utilização inteligente das conquistas científicas." (pág. 44)
Na sua opinião, o que significa *utilização inteligente das conquistas científicas?* Cite alguns exemplos.

R.: ____

____

____

____

____

____

9. Releia o poema "Rosa de Hiroshima" que aparece no final do livro. A que rosa ele se refere? Hanako também é apresentada como uma rosa. Qual é a expressão japonesa usada pelo narrador?

R.: ____

____

____

____

____

Para qualquer comunicação sobre a obra, entre em contato:

SARAIVA Educação S.A.
Avenida das Nações Unidas, 7.221 – Pinheiros
CEP 05425-902 – São Paulo – SP
www.editorasaraiva.com.br

Tel.: (0xx11) 4003-3061
atendimento@aticascipione.com.br

Escola: ______________________________

Nome: ______________________________

____

Ano: ______________ Número: ______________

carinho para desabrochar numa *akai bara*, a rosa vermelha da paixão.

Akio, o filho do outono, era um homem bonito, alto e esguio, de traços suaves e voz carinhosa. Sua fama alcançou as cidades vizinhas, vindo gente de longe para consultá-lo. Além da competência, a gentileza, a afabilidade dos modos. Nunca, jamais disse a um doente que estava desenganado. *Inoti*, a vida, era um bem precioso demais. Então, ele apelava para a esperança, eterno *kibou* que move o homem, seja em que língua for. E se alguém gemia dizendo um "ai", ele sorria e replicava: " — Na língua dos meus pais, isso quer dizer amor!".

E quando Maria queria saber o que ensinava — através da língua japonesa — às filhas, ele explicava:

— Ensino as verdadeiras coisas que movem o homem: a vida, a esperança, o amor...

— E a palavra guerra? — provocava Maria.

— Guerra em japonês termina como a palavra esperança, note bem: *sensou* é guerra, esperança é *kibou*. Não existe nada mais sem esperança que uma guerra... e nós japoneses sabemos bem disso!

— Isso ficou para trás, querido — Maria desconversava, arrependida de ter mexido em velhas recordações. Afinal, ele era apenas um menino quando tudo acontecera... cinco, seis anos? Mas podia imaginar o rosto aterrorizado, escondido atrás da mãe desesperada, tentando salvar a própria vida e a do filho pequeno...

— Há coisas inesquecíveis, nem que se viva mil anos, querida — disse Akio. — Perdi grande parte da família naquela manhã fatídica. Sobramos eu e minha mãe, que não resistiu muito ao choque emocional de ter ficado sozinha com um filho pequeno. Fui criado por parentes distantes, você sabe. Tudo isso é muito triste, triste demais para ser simplesmente esquecido!

— Pai, pai! — Hanako entra correndo na sala, um sorriso lindo no rosto. — Passei de ano!

— Meu amor! — Akio estende os braços, e a menina mergulha neles como num porto seguro.

— E a mãe, não abraça não? — cobra Maria, fingindo ciúme.

— Já, já, mãezinha — diz a garota. — É que o paizinho queria ser o primeiro a saber!

Hanako ficava cada vez mais bela, inteligente e sequiosa de aprender. Era um pouco solitária e às vezes, na escola, encontravam-na como se estivesse meditando. Havia uma luz profunda naqueles olhos escuros.

— Tão nova e pensando na vida? — brincava Celeste, a bibliotecária da escola. Num segundo, porém, a alegria retornava e a menina pedia:

— Tem livro novo, Celeste? Vê se me arruma um para eu levar pra casa. Devolvo amanhã sem falta!

— Você não lê, devora os livros, garota! — brincava a Celeste. — Nunca vi leitora tão voraz...

— Qualquer dia eu devoro a biblioteca inteira, como um dragão! — gritou a menina, brincalhona.

— Assim é que eu gosto, tristeza não.

— Eu não estava triste, Celeste.

— Estava sim, tão longe, até parece que está apaixonada! A menina corou até a raiz dos cabelos:

— Besteira sua, imagine só...

— Besteira, hein? Estão dizendo que aquele loirinho sardento, da sua classe, está morrendo de amores por você!

— O Lúcio? Que nada! Ele é boboca...

— Com aqueles olhos azuis, aquelas covinhas? Olha que vocês fazem um par divino. Você moreninha de olhos puxados e o Lúcio... — Celeste até suspirou. Era uma romântica incurável.

— Tenho só doze anos...

— Está uma mocinha. E o amor não tem idade, não é mesmo? Eu, quando tinha nove, me apaixonei perdidamente por um vizinho muito mais velho, você nem imagina. Quase fiquei doente de amor...

— E ele? — perguntou Hanako, curiosa.

— Nem ligava pra mim, menina. Acho que até hoje não descobriu a minha paixão por ele. A vida é assim mesmo...

— O Antenor que saiba — brincou a menina, referindo-se ao noivo de Celeste.

Hanako, Yoshiko e Mieko eram muito populares na escola, conhecidas como as três nisseis. Amigas umas das outras, a menor agora com oito anos. A mais velha, tímida, quieta e sensível. A do meio, risonha e brincalhona. Porém, a mais desinibida era a caçula e a mais falante também. Às vezes se reuniam no intervalo, mas tinham turmas separadas, porque Hanako cursava a sexta série, Yoshiko estava na quarta e Mieko na segunda.

A mãe sempre as esperava na saída; de volta, ela também, da escola onde lecionava. Às vezes, quando tinha tempo, Akio aparecia na porta da escola, e então era aquela festa. Não só para as garotas, muito apegadas ao pai, a seu doce carinho, mas também para as mães, que sempre filavam uma consulta gratuita. Afinal, médico é "utilidade pública", brincava Akio, quando chegava em casa, depois de pelo menos três consultas escolares.

— Está na época de vacinar as meninas — lembrou Maria. — Com essa correria, parece brincadeira, quase que esqueço.

— Pois leve essas três belezocas lá no consultório que não cobro nada — disse o pai.

— E por que você cobra dos outros? — perguntou Mieko, muito séria.

— Ora, filhinha, porque preciso pagar nossas contas, a comida, o colégio, as roupas... Mamãe também cobra para dar aulas, seria bom se não precisasse cobrar, não é? Mas ser médico é uma profissão como qualquer outra.

— Então a gente leva vantagem, não é? — sorriu a Yoshiko, mostrando os novos dentes que tinham nascido bem na frente, fechando a janelinha dos dentes de leite.

— Pai médico é pra isso — concordou a Hanako. — A Laura tem pai dentista; então ela tem dentista de graça. A gente tem médico de graça...

— Às suas ordens, para sempre, mocinhas. — Akio despediu-se. Àquela hora, o consultório deviar estar cheio. A enfermeira, enquanto o doutor não voltava, dava a mesma desculpa:

— Foi buscar as filhas na escola.

— Nunca vi um pai tão apaixonado pelas filhas — comentava uma paciente, senhora idosa que adorava o médico.

— Acho que é por isso que ele é tão bom...

Em casa, Maria punha ordem no pedaço:

— Para o banho, garotas!

As três começavam a maior bagunça no banheiro. Mieko, a mais irreverente, falava:

— Seria divertido mesmo se a gente tomasse banho, tudo junto, numa tina, como era antes no Japão.

— Um de cada vez — corrigia Hanako.

— Pior pra quem ficasse por último — gozava Yoshiko.

— Pois ia ser a Mieko, que é a mais nova — buliu Hanako. — Sorte dela a gente tomar banho de chuveiro...

— Me deixem esse banheiro em ordem, hein, garotas? — pediu a mãe, colocando o rosto pra dentro da porta. — Nada de molhadeira, como sempre...

— A mãe sempre pede a mesma coisa! — disse Mieko.

— E a gente bem que podia facilitar pra ela... — falou Yoshiko, esperando a vez de entrar no chuveiro. Hanako estava demorando demais.

— Sai logo dessa água, menina! Vai ficar sonhando com o Lúcio, vai?

A resposta foi o sabonete voando por cima delas. As garotas riam:

— Está apaixonada, está apaixonada!

Hanako saiu vermelha do chuveiro, podia ser da água quente, mas também podia ser de raiva. Enrolou-se na toalha:

— Vão tomar banho e me deixem sossegada. Agora todo mundo cismou que estou apaixonada pelo Lúcio! É só amizade, pô!

— Amizade... — a Mieko fez um muxoxo. — E ele leva doce pra você todo dia. No outro dia levou uma flor, eu vi, na hora do intervalo...

— Que é que tem? Um amigo não pode levar doce e flor para a amiga? E se fosse namoro mesmo?

— Ih, quero ver só a cara do paizinho quando souber — riu Yoshiko. — A queridinha dele namorando...

— Garanto que ele vai ficar muito contente... — disse Hanako. — Afinal eu já estou uma mocinha!

II
SOL A PINO

Meu diário:

Meu nome é Hanako, tenho doze anos. Meu pai é japonês, naturalizado brasileiro, médico; ele se chama Akio, que significa filho do outono. Mamãe é brasileira, professora, se chama Maria. Somos três irmãs: eu, Yoshiko e Mieko. Somos muito diferentes. Eu sou tímida, gosto muito de ler, tenho meu mundo particular. Dizem que de vez em quando eu entro na minha concha. Yoshiko é alegre, brinca com todo mundo, todos gostam dela. Agora, Mieko é a que fala mais. Papai diz que ela fala por todas nós juntas. Não sei o porquê, mas acho que sou a preferida de Akio. Gosto do nome dele, tão delicado, gentil, como papai. Há uma grande amizade entre nós. Como é mesmo aquela palavra que a professora usou outro dia na aula de Comunicação? Ah, já sei: empatia. É isso. Há uma grande empatia entre nós. Somos assim tão parecidos, calados e sensíveis, ele me chama sempre de amor. Ah, eu gosto tanto dele!

Gosto também da mamãe, ela é bacana, muito amorosa com a gente, mas severa também. Mais severa que papai. Ele se derrete todo com as filhas, principalmente comigo. Talvez porque tenha perdido quase toda a família naquela catástrofe de Hiroshima, acho que todo mundo sabe disso. Dizem que foi muito cedo, pela manhã, lá pelas sete horas. Quando todos estavam acordando... e, de repente, não havia mais cidade, não havia mais manhã... e mesmo os que não morreram carregaram pela vida afora as marcas da tragédia. Papai disse que todas as mulheres que estavam grávidas ou abortaram ou tiveram filhos deformados... Não é terrível? Sempre me pergunto por que o homem é capaz de fazer tais coisas...

Este ano, no dia seis de agosto de 1985, farão quarenta anos da primeira bomba. E dizem também que ela era incrivelmente fraca em relação às bombas de agora... Eu me preocupo, principalmente quando leio que usinas nucleares estão sendo instaladas no Brasil, sem falar nas outras pelo mundo inteiro... E o que faremos nós, jovens, o que farão os adultos e mesmo os velhos a respeito disso? Ficaremos simplesmente calados, esperando acontecer o pior? Assisti outro dia a um filme terrível na TV — dizem que nos Estados Unidos todos ficaram abalados com ele — chamado "O Dia Seguinte", que mostra o efeito de uma bomba nuclear ao explodir de repente... como aconteceu em Hiroshima! E lá, tanto o presidente dos Estados Unidos quanto os defensores da bomba diziam que isso era preciso para "acabar com a guerra", que era um mal necessário... Será que realmente alguém acreditou nisso algum dia?

Sou muito jovem, tenho doze anos apenas, quase treze... mas me preocupo. Admiro profundamente os pacifistas, como os da Inglaterra e da França, por exemplo, que passam dias acampados em frente às usinas nucleares, em protesto. Deveria haver isso também no Brasil... Quem defenderá a vida?

Gosto muito de escrever, leio muito também, devoro tantos livros... Acabei de ler hoje o *Diário de Anne Frank*. Que livro maravilhoso! Terrível e maravilhoso ao mesmo tempo. Como os homens podem ser tão maus? Como podem se destruir dessa maneira?

Quero ser escritora. Outro dia aconteceu uma coisa incrível. Amei papai mais ainda nesse dia. Imagine, meu diário, que a professora de Comunicação e Expressão, da sexta série, pediu que a gente fizesse uma redação sobre o tema: "Brasil, país do presente". Como eu adoro escrever, fui para casa e logo depois do jantar me fechei no escritório do Akio, e fiz, à máquina, uma redação "joia".

Escrevo bem à máquina, tirei meu diploma este ano, mamãe fez questão. Diz que, se eu quero mesmo ser escritora, tenho de saber escrever à máquina. É como o músico, que conhece bem o instrumento que ele toca, entende?

Mas, como eu ia dizendo, fiz uma redação ótima e levei, toda contente, para a Dona Lia, que ficou de devolver os trabalhos corrigidos no dia seguinte. Qual não foi o meu espanto, quando ela, logo no começo da aula, disse em voz alta:

— Que vergonha, Hanako! Por ter pedido ajuda a seus pais, nota zero. E nunca mais me faça isso...

Ah, meu diário, as lágrimas rolaram pelo meu rosto, eu não conseguia parar de chorar. E ela insistia, enquanto toda a classe me gozava:

— Não adianta chorar, Hanako, quem mandou fazer essa trapaça? Falta de respeito para com seus colegas e para comigo!

Voltei furiosa para casa, mamãe até se assustou. Logo chegou o Akio para almoçar — eu gosto de chamar papai pelo nome, ele deixa, sabe? — e quando ele me viu chorando daquele jeito, lógico, quis saber o que tinha acontecido.

Nunca vi o Akio tão bravo na minha vida. Ele só disse:

— Pare de chorar, flor, que eu resolvo isso!

Eu confio muito no Akio, ele nunca me enganou. Então eu parei de chorar e fiz de conta que não tinha acontecido nada. É um jogo que papai me ensinou. Quando estou muito, mas muito triste mesmo, faço de conta que não aconteceu nada e deixo para pensar no assunto no dia seguinte. Engraçado, na maioria das vezes, a gente descobre que nem valia a pena tanto sofrimento! Mamãe sempre diz: "não há tristeza que resista a um bom travesseiro...".

No outro dia, meu diário, você nem imagina. Estava em plena aula da Dona Lia, quando de repente apareceram papai e a diretora da escola, a irmã Alícia. Esqueci de contar, eu estudo num colégio de freiras, chamado São José. Então, a diretora foi dizendo:

— Dona Lia, aqui o meu querido amigo, Dr. Akio, disse que a filha dele, a Hanako, sofreu ontem uma grande injustiça em classe. Que a menina escreve muito bem, quer ser escritora, inclusive. Então, para tirar essa dúvida,

vamos propor uma nova redação para ela, aqui mesmo na classe e vamos corrigir os três. E, assim, tiramos a limpo se foi feita injustiça ou não...

Dona Lia ficou até pálida, mas não teve outra saída. Me chamou e disse:

— Hanako, escreva uma redação sobre o seguinte tema: *Como o Brasil vê a eleição de um presidente civil depois de vinte e um anos...*

Nem pisquei. Voltei para a minha carteira, peguei o caderno, a caneta — ah, que falta me faz a minha máquina de escrever! — e larguei brasa.

Os três conversando lá na frente, fazendo de conta que nem estavam aí... e a turma toda me olhando. Então a Dona Lia passou uma tarefa qualquer para a classe, só para eles me darem tempo e não ficarem me secando, né? E eu escrevendo, pondo toda a minha alma naquele texto... ainda mais com um tema daqueles...

Quando levantei, meio tremendo, e fui entregar a redação, estava até zonza. O Akio piscou para mim, como se dissesse: " Tá na hora da onça beber água... ".

Dona Lia foi lendo, madre Alícia foi lendo, o papai foi lendo... um por um... e no rosto do Akio, que foi o último a ler, foi se espalhando um sorriso lindo, até as covinhas dele apareceram. Eu lia seu pensamento:

— Minha flor, você venceu!

Então, a diretora falou para Dona Lia, que estava mais pálida que antes:

— Honestamente, que nota a senhora dá para esta redação, feita em classe e naturalmente sem ajuda de ninguém, quer dizer, só de Deus?

— Nota dez — disse Dona Lia e, virando-se para mim, disse em voz embargada (fiquei até com pena dela), enquanto a classe ouvia em silêncio:

— Desculpe, Hanako, me enganei. Não podia imaginar que tinha um talento assim na minha classe!

Levantei, dei um abraço na Dona Lia, ela me beijou, eu beijei ela. E o pai disse:

— Obrigado, Dona Lia, vim mesmo porque não gosto de injustiça. Isso é muito importante para uma pessoa, não é? Quero que a minha filha saiba que pode defender o seu direito, sempre...

Já amava você, paizinho, mas amei muito mais depois desse dia. Afinal você ensinou para mim e para todos os meus colegas que a gente nunca deve ficar calada quando é vítima de uma injustiça. Seja de quem for. Que a gente deve gritar, até quando puder, gritar... gritar... porque a verdade aparece, ela sempre aparece...

Nossa, quantas páginas já preenchi, meu diário! Mieko me deu você de presente, dizendo:

“ — Pra você contar a sua paixão pelo Lúcio! ”

Quer mesmo saber de uma coisa, diário? Eu gosto do Lúcio, sim. Ele é muito bonito, gosto de meninos loiros, sardentos. Ele tem olhos azuis, lindos de morrer... Sou morena clara, de olhos negros, então todo mundo diz que a gente faz um casal superbonito. Ele veio de outra cidade, no ano passado, junto com o pai, que é promotor e foi transferido pra cá. Então, o Lúcio entrou na minha escola, que é mista.

Dizem que antigamente as escolas de freiras só tinham meninas, e as de padres, só meninos — devia ser chato à beça, né? Quem diz isso é mamãe, que estudou em escola de freiras. Nem podia namorar que elas ficavam

loucas da vida. Nem deixavam se pintar, usar batom, *blush*, essas coisas todas, nem passar esmalte nas unhas, um sufoco. Agora melhorou muito. A mãe disse que, se não fosse assim, nunca poria a gente em escola de freiras... e o paizinho só rindo do jeito da mamãe, porque, quando eles se conheceram, ele ficava na porta do colégio esperando por ela, e as freiras só de butuca, olhando feio... ele firme, escondido atrás do muro.

Akio tem 45 anos; mamãe, 42. Ele até parece mais novo que ela, porque vive sorrindo. Meu pai é muito bonito. Tem olhos puxados, como amêndoas, é alto e magro. Mãezinha é morena de olhos verdes, meio gordinha, mais baixa que alta, tem uma cor bonita, que chamam aqui de moreno-jambo. E papai sempre diz que botou em mim o nome de Hanako porque quer dizer "a filha da flor". E a flor é a mãezinha — bonito, não é? Eles se curtem muito e às vezes também brigam. Mamãe é mais exigente e o Akio não quer que ela puxe muito pela gente. Vive dizendo:

— Deixe as meninas aproveitarem a infância.

— Mas estão ficando mocinhas — diz mamãe, mas papai fica sério, e repete:

— Tem muito tempo... Deixa elas aproveitarem o restinho da infância...

Acho que ele diz isso porque sofreu muito na vida. Ele e a mãe dele escaparam da bomba, mas a mãe morreu logo, acho que de tristeza. Coitada da minha avó.

Papai teve de ir morar noutra cidade, porque Hiroshima era só escombros... é assim que se diz, diário? E foi morar com um casal de tios da mãe dele, que depois resolveram emigrar para o Brasil. Trouxeram o Akio, porque precisava ter criança ou jovem na família para entrar no Brasil, e eles não tinham filhos. Mas eram muito severos. O papai sofreu por falta de carinho, principalmente o da mãe, que ele lembra bem. Diz que era uma mulher tão doce, bonita, olhos negros e amendoados como os do Akio... O pai morreu na hora, porque estava indo para o trabalho, bem na área dos 12 quilômetros que foram arrasados. Acho que o meu avô simplesmente derreteu... E nem ficou sabendo por quê, coitado! Ele se chamava Isamu, que significa viril.

O paizinho e a vovó, que se chamava Yuriko — a que veio do lírio —, estavam bem distantes, do outro lado da cidade. Papai diz que estavam fazendo chá quando sentiram a terra tremer, e se abraçaram e ficaram ali, esperando não sei o quê... E o fogareiro tombou, e logo tudo pegou fogo. A Yuriko desesperada, tentando apagar aquele incêndio, defender a vida dela e a do Akio... enquanto ouviam os estrondos. Parecia o fim do mundo, os gritos e choros... e ficaram naquela luta até que surgiu alguém, como por milagre, no meio daquele fogaréu todo. O pior é que no Japão as casas são feitas de um papel leve, de arroz, por causa dos terremotos, mas opaco, para afastar a luminosidade e não se ver nada do lado de fora. Mesmo assim a casa é clara o suficiente... e esse alguém disse, o Akio lembra direitinho:

— Não dá pra salvar nada. Venha Yuriko, vamos sair da cidade...

— Sair da cidade, por quê? — ainda perguntou Yuriko, abraçada ao filho.

— Porque não há mais cidade — disse o homem. — Alguma coisa diabólica caiu do céu... a cidade acabou... morreram muitos... somos os sobreviventes... precisamos sair enquanto é tempo...

Acho que eles nem imaginavam, naquela hora, que era a *ghenshi-bakudan*, a bomba atômica! Quando o pai conta isso, meu diário, os olhos dele se enchem de lágrimas, fica até com um tique nervoso no rosto. Então mamãe diz:

— Passou, Akio, já passou. Esquece, meu amor...

— Nunca! — diz ele. — Um mês depois, ainda havia cheiro de carne queimada no ar... O ataque a Hiroshima não tem perdão!

III
O MEIO DO DIA

— Hanako, você ainda não se vestiu para a escola?

— Ah, mãezinha, estou tão cansada...

Maria olha a filha, estremece por dentro. Ela não está bem. De uns tempos para cá emagreceu, tem o rosto abatido, sc cansa por qualquer coisa. Coincidiu que Akio está ausente, num congresso médico. Mesmo antes de viajar, já dissera que ia fazer uns exames em Hanako, sentia que algo estava errado...

Maria põe a mão na testa da garota, febre não tem. Assim que Akio voltasse, se preciso, iriam a São Paulo tirar as dúvidas. Yoshiko e Mieko vão bem, coradas e fortes como Hanako sempre fora, apesar de que ela sempre sentira — sentir é a palavra — que a filha mais velha era extremamente frágil, sensível. Comentava com o marido, que levava na brincadeira:

— Temores de mãe. Quem é o médico aqui? Eu ou você?

Meses depois, Maria, desolada, tenta pôr os pensamentos em ordem. As filhas estão na escola, ela está sozinha em casa. Pediu licença do cargo de professora porque precisa cuidar de Hanako. Tudo tão repentino! Fora mesmo? O que disseram os médicos da capital, a junta pedida por Akio? Que ele, estando em Hiroshima, na hora da explosão da bomba, estivera exposto à radioatividade, que, se não foi suficiente para matá-lo ou feri-lo, teve decidida atuação nas suas células reprodutoras. Assim, ele nada sofrera, aparentemente, mas podia transmitir o mal que as radiações causavam. Como se fosse, ele próprio, uma bomba ambulante, seu sangue, suas células carregadas de radioatividade... Maria jamais esquecerá o olhar de Akio naquele instante! Como não pudera prever, como se deixara enredar daquela forma. Um médico, meu Deus!

— O senhor jamais poderia ter tido filhos — disse o Dr. Malta, médico famoso, especialista em Genética, titular dessa matéria na maior Universidade do país.

— Mas só Hanako, doutor? — interveio Maria, espantada. — E as outras?

— Felizmente não se manifestou nelas... ainda — continuou o médico. — Mas quem garante que isso não possa acontecer um dia? Ou talvez pule a geração das duas e surja num filho delas ou neto.

— Então, isso nunca terá um fim... — gemeu Akio, mãos sobre o rosto. Maria abraçou ternamente o marido, tentando um consolo inútil.

— Você não poderia saber!

— Tinha de saber! — gritou Akio. — Como não pensei nisso? Ó Deus! Tão longe, do outro lado do mundo... Pensei enterrar todos os meus fantasmas vindo para o

Brasil... e nem consegui esquecer. Agora, Hanako! Por que não em mim?

As lágrimas rolavam-lhe pelo rosto. Dr. Malta pediu:

— Deixem-me só com Akio, por favor.

Conversaram longo tempo. Maria, fora do consultório, era assistida pelos demais médicos, que lhe indicavam a melhor forma de tratamento. A garota deveria ter vida normal, o quanto possível. Aulas de natação ajudariam... Seu maior problema residia na osteopatia, pois os ossos sofreriam uma degeneração progressiva. Em termos leigos, iriam se esfarelando... A menina diminuiria de tamanho, chegaria a um ponto em que não andaria mais. O pulmão também seria afetado e o coração cresceria muito. Um quadro clínico muito complexo... Isso tudo fazia parte da síndrome radioativa.

Maria entendia o jargão médico, acostumada às conversas de Akio. E parecia a mais forte dos dois, porque lá dentro, no consultório, só Deus sabe o que Dr. Malta fazia para dar ânimo àquele pai.

Isso fora há seis meses, talvez oito. Maria agora perde a noção do tempo facilmente, não quer pensar nele. Sabe que é curto, infinitamente pequeno. Então, o importante mesmo é tornar Hanako o mais feliz possível. Acontece que ela é uma menina muito inteligente, que lê muito, não se pode enganar uma criança inteligente como aquela...

— Mãe, eu vou morrer?

Os olhos puxados de Hanako, sem uma lágrima, apenas a sombra da dúvida. Responder o quê? Mentir,

criar ilusões, esperanças de que agora a medicina faz milagres? Que há uma possibilidade de ida ao estrangeiro, que lá fazem mais milagres ainda... não se transplantam corações, fígados, córneas, rins?

Mentir... para quê? Ser cruel também não resolveria nada; dizer o que àquela doce criança de doze anos, que paga por um crime que não cometeu, que resgata com a própria vida a insanidade de um homem que dá uma ordem, numa tarde escaldante, como quem chupa um sorvete... Qual a medida desse homem? Qual a medida dos homens que aceitam tais ordens sem sequer contestar? Dizem que um dos pilotos do caça que levou a bomba foi ser frade trapista — a mais severa congregação que existe —, movido pelo remorso. Mas dizem também que o outro, ainda hoje, afirma que faria a mesma coisa sem vacilar. Onde estão a verdade, a consciência? Teriam visto, este e outros homens, os efeitos reais numa pessoa — numa criança inocente como Hanako, que, mesmo nascendo vinte e sete anos depois, ainda paga o mesmo preço dos demais? Talvez até mais cruel, porque mais distante, do outro lado do mundo, num pseudoparaíso tropical...

E o que dizer então àquele *tsubomi*, àquele botão de flor prestes a desabrochar, mas que seria impedido pela mão assassina que autorizou uma bomba atômica sobre uma população civil, inocente dos crimes dos seus mandatários...

— Não sei, minha filha, não sei...

— E o Akio sabe? — insiste Hanako, os olhos amendoados nublados de pesada tristeza.

— Ele também não sabe, querida. — A mãe abraça ternamente a filha. — Todos nós temos nosso tempo de vida. Quem pode saber qual é o seu?

— Mas me sinto tão fraca, suo tanto, acho que...

A mãe tapa-lhe suavemente os lábios:

— Não ache nada, flor, apenas confie e tenha esperança.

Kibou: esperança, a palavra mágica. Seja em que idioma for. A menina sorri, triste:

— Esperança de quê, mãezinha?

— De um milagre!

— Existem milagres, mãezinha? — a tenra percepção de Hanako captando/usufruindo a verdade, querendo preencher sua cota de *Inoti*: vida! Que *sensou*, a guerra que acabou há quarenta anos, ainda tenta ceifar, a qualquer preço, em qualquer latitude...

— Os milagres existem, querida — diz a mãe e deixa escapar —, pois não reconstruíram Hiroshima das lágrimas, do sangue, da solidão? Agora é um porto movimentado...

— Eu sei, o pai me transmitiu a doença da bomba — diz a menina e a mãe estremece ao perceber que se entregou.

— Quem disse a você?

— Akio me disse — continua a menina. — Outro dia encontrei ele chorando lá no consultório. Era de tardezinha, o último cliente tinha ido embora. Eu fui até lá...

— Sozinha, querida?

— Sozinha, mãezinha. Queria saber, ele é médico, ele podia me dizer...

— E o que foi que ele disse? — Maria tateia, insegura.

— Ele me pediu perdão!

— E o que você respondeu a seu pai, querida?

— Que não tinha nada a perdoar. Que ele era um homem maravilhoso. Que não queria vê-lo chorando nunca mais...

— Você é um anjo, meu bem...

— Ah, sou não — sorri Hanako. — Os anjos não morrem...

O que fazer numa situação dessas? Maria e Akio decidiram agir da forma mais natural possível. Se era inevitável, que poderiam fazer eles, simples seres humanos? Tudo que houvesse de recurso médico seria colocado à disposição de Hanako, a que preço fosse. Isso era coisa certa. Mas ela não ficaria encastelada como triste/princesa/prisioneira do seu próprio mal. Viveria, tanto quanto a saúde permitisse, sua doce vida de criança...

Continuaria indo ao colégio todas as manhãs, lendo seus livros favoritos, namorando o Lúcio, o rapazinho sardento, que agora vinha muitas vezes visitá-la, trazendo discos, bombons, flores. Garoto sensível e amoroso... Só não fora possível evitar que a cidade toda ficasse conhecendo o fato... cidade pequena, de interior, o que se consegue esconder? E por que esconder? Pelo contrário, era preciso que todos soubessem, ainda mais agora que o Brasil implantava também suas usinas nucleares, tão tranquilamente como quem vai a uma festa... Indiferente a possíveis catástrofes — é preciso colocar o país entre os mais desenvolvidos do mundo, não é? Os pacifistas que saiam às ruas, que façam seu carnaval particular. Eles pouco podem, tudo é resolvido nos altos escalões, como foi a bomba de Hiroshima, quando um presidente de terno bem-cuidado e unhas limadas assina uma ordem que condena uma cidade inteira... como um deus/pequenino/infantil, cheio de arrogância e prepotência, senhor poderoso da vida e da morte!

Sim, senhor presidente, nunca, não, senhor presidente, o senhor tem a verdade suprema, o senhor conhece todos os códigos de ética, aperte o botão, senhor presidente, acabe com a metade do mundo, a outra metade ainda chega, somos bilhões, não somos? Podemos nos dar ao luxo de uma guerrinha nuclear de vez em quando. Afinal, para que são feitos os mísseis, senão para cortarem os espaços certeiros como punhais

cravados no alvo; e se constroem mísseis ainda mais poderosos que os radares não conseguem detectar; *yes, Mr. President*, aperte o botão, *now*!

Tsubomi, botão em flor. Que se transformaria em *akai bara*, a rosa vermelha. *Bara*: rosa, *akai*: vermelha. Primeiro a vermelha, depois a rosa. Rubra rosa de sangue, da festa da vida!

— Mãe, estou tão cansada, suo tanto...

Tsubomi, botão em flor. Que nunca será uma *akai* rosa, uma vermelha *bara*... rosa/pálida de Hiroshima, comprometida, acuada, dentro da corola, extremado botão fanado em sangue radioativo...

— Hoje é aniversário do Lúcio, vamos comprar um presente para ele, filhinha?

— Ele quer o último disco do Menudo...

— E você, querida, o que você quer, mamãe compra...

— Ah, eu queria ser um anjo. (Sempre a mesma afirmação.)

— Por quê? (Ora por quê! Então ela não sabe a resposta?)

— Porque os anjos não morrem nunca...

— Você não acredita mais em milagres?

— Mãe, o que é um milagre?

— Ah, minha filha, milagre é *Inoti*, a vida. Toda vida é um milagre. Enquanto houver vida, o milagre está presente, no ar, no céu, nas plantas, no sol, nos bichos, nas pessoas...

— Quero um presente, sim. Quero uma boneca, uma *ningyou*... que seja parecida comigo...

— Ora, meu bem, onde vamos encontrar uma boneca mestiça, de pai japonês e mãe brasileira?

— Por aí, vamos procurar, não se fazem bonecas com olhos de amêndoa, mãezinha?

— Você está falando como seu pai...

— Akio? Olha, eu quero uma boneca parecida comigo...

— Por que tanta insistência nisso, filha?

— Algum dia eu conto... se não acontecer o milagre.

— Então vamos pedir juntas, com muita força, que o milagre aconteça!

— A senhora agora está falando como a madre Alícia. Ela disse que eu preciso rezar muito...

— Não é preciso rezar, minha filha; basta falar com Deus!

IV
O ENTARDECER

Meu diário:

Volto a escrever em você. Como a Anne Frank fazia com o diário dela. Quando eu li o livro, não podia imaginar como é triste/penoso a gente saber que vai morrer... A Anne ficou dois anos trancada naquele prédio, sem poder ver o sol ou sentir o vento batendo nos cabelos. Talvez eu seja mais feliz que ela, porque posso ir aonde quiser, embora já não possa andar como antes. Fiz 13 anos e estou cada vez mais fraca, minhas pernas simplesmente não me obedecem. Faço ginástica, tenho massagista, fiz natação durante algum tempo, mas isso já é coisa do passado. A osteopatia que tenho (esse é o nome científico da coisa) se agrava cada vez mais... Leio isso nos olhos de Akio, que se desespera por sentir-se impotente. Um médico — deve pensar ele —, mas o que pode fazer para salvar a filha desse mal incurável? Quer dizer, ninguém sabe ao certo, acho que é um tipo de doença rara, que ainda não foi suficientemente estudada. Porque os efeitos da bomba demoram muito a aparecer, às vezes...

assim como no meu caso... E, pelo que ouvi e consegui entender, isso talvez possa se prolongar para sempre; mesmo que eu escapasse com vida e tivesse filhos, isso aconteceria com eles ou com meus netos, ou filhos e netos das minhas irmãs... Isso é o pior! Qual a geração que será poupada, perdoada, dos erros do passado? E ninguém sabe dizer ao certo! Nem mesmo se existe possibilidade de cura no meu caso...

Ainda quanto ao *Diário de Anne Frank*, notei que parece tão maduro uma menina de 13 anos, como eu, escrevendo daquela maneira. Pelo menos no início dele. Mas agora, lendo o que escrevo no meu próprio diário, vejo que a vida amadurece as pessoas mais rapidamente do que seria normal. Como se pode ser simplesmente criança, vivendo escondida, na expectativa de a qualquer momento as botas nazistas entrarem pela porta? Ou, como no meu caso, de definhar até morrer? Não há infância ou inocência que resistam a esse tipo de pressão!

O diário de Anne Frank se chamava Kitty — quero dar um nome também para você, amigo. Mas, não sei por que, prefiro que seja um nome de homem. Sinto em você, como em papai, uma grande força. Então, vai se chamar *Isamu*, que quer dizer viril — era o nome de vovô, sabia? Gostaria tanto de ter conhecido meu avô! Dizem que ele era um homem muito bonito, alto e magro, delicado e gentil. O retrato vivo de Akio, ou vice-versa, não é? A raça japonesa é uma raça muito gentil. De poucas palavras, muito riso, voz suave. Papai é assim, Akio é um verdadeiro amor. Não há quem não goste dele, principalmente as clientes mais velhas, que dizem assim:

— Já que tenho de ir ao médico, que seja bonito e gentil!

Mamãe se diverte com as velhinhas fanzocas do Akio. E diz:

— Olhe lá, só as velhinhas, hein?

E o Akio responde, rindo:

— Ora, meu bem, médico não tem direito de ter também clientes bonitas e gentis?

Viu como é papai, Isamu? Em tudo ele acha uma forma de brincadeira. Mamãe diz que ele é uma eterna criança, que ainda não cresceu. Se for assim, graças a Deus! Amo tanto o meu pai! Até nisso eu tenho empatia com a Anne. Ela também gostava muito do pai e não gostava muito da mãe. Só que eu gosto da mamãe, mas há alguma coisa diferente no Akio: essa suavidade oriental dele, o carinho. Ele me abraça como se estivesse abraçando uma flor, tão delicado...

Adoro homens gentis. Fico assombrada quando vejo homens tão grosseiros e malcriados com suas mulheres e filhos. Até batendo neles. Outro dia, uma colega de classe chegou com o rosto marcado de um tapa do pai. Isso me causa uma repulsa indescritível. Acho que certas pessoas são piores que animais. E, quando volto para casa, depois de uma cena deprimente dessas, e vejo o Akio comendo arroz com *hashi*, aqueles pauzinhos que os japoneses usam nas refeições, falando baixinho, pedindo sempre por favor, me dá uma alegria louca, e tenho vontade de gritar:

— Obrigada, Deus, por este pai que você me deu!

Por isso não dá para ficar triste demais, entendeu

Isamu? Tenho uma família maravilhosa, que me cobre de carinhos, não me falta nada... quer dizer, só a saúde. Mas isso não depende de mim, ou do Akio, ou de mamãe, ou de minhas irmãs. Isso foi apenas um terrível acaso!

Outra notícia boa: estou namorando firme com o Lúcio. Ele é um amor, gentil e educado. Claro, senão preferia nem ter namorado. Quando me casar, quero um marido como o Akio, gentil e bondoso... mas acho que não vou ter tempo, não é mesmo? Então faço de conta. É tão bom fazer de conta. Sabe, Isamu, o diário de Anne é lindo, nem é triste, tem passagens engraçadas, porque ela sempre teve esperança de se salvar. Os nazistas entraram, de repente, no esconderijo deles e levaram todos. O diário ficou perdido entre papéis velhos. Alguém achou e entregou depois para o pai de Anne, quando ele, milagrosamente, voltou do campo de concentração.

Isso porque ficou doente, foi levado para a enfermaria do campo e, enquanto isso, os aliados chegaram e a guerra acabou... Não é incrível que justo o pai que ela tanto amava pudesse resgatar aquele diário mágico para o resto da humanidade?

Por isso, também escrevo o meu. Não vai ser, nem de longe, tão importante quanto o *Diário de Anne Frank*. Não estamos em guerra, nem vou ser levada para um campo nazista. Mas será que não? Não trago em mim, no meu sangue e ossos, na minha vida, a marca da guerra? Não serei uma vítima igual a todas as vítimas, como Anne, da violência, do desrespeito à vida humana? E talvez pior, porque nasci tanto tempo depois, inocente, quando tudo parecia perdoado/resgatado; mas há coisas que não têm perdão! Não quero que o meu coração se encha de ódio, o

ódio só destrói. Mas é impossível deixar de pensar como são injustos esses homens que comandam o mundo... que mandam inocentes morrerem nos campos de guerra, quase meninos, deixando os corações das mães mortos em vida... Que simplesmente olham mapas e apertam botões... Para onde será levada a humanidade?

Construirão sempre armas cada vez piores, até que se apertem todos os botões e a Terra exploda inapelavelmente? Como num sopro? Gostaria que vidas como a minha servissem para fazer essa denúncia. Para conscientizar alguns homens, pelo menos. Papai fala sempre de homens brilhantes que combateram esse tipo de violência. Como Bertrand Russel, por exemplo, uma pessoa admirável, que morreu com quase 100 anos, lá na Inglaterra, e até o fim lutou contra as armas nucleares. Vivia sendo preso. Dizia que só a espécie humana se destrói a si mesma. Que o lobo, o leão, qualquer tipo de animal, nunca ataca a própria espécie. Ele era um Homem, com letra maiúscula! Pena que existam tão poucos, como Gandhi, na Índia, o maior de todos os pacifistas, meu ídolo. Como aquele grande escritor francês, o Albert Camus, que papai adora, e transcrevo aqui, agora, uma frase maravilhosa dele sobre Hiroshima e Nagasaki, a cidade vizinha que dias depois sofreu o mesmo tipo de bombardeio atômico, embora com menos intensidade. Ele diz assim:

“A civilização mecânica acaba de chegar a seu último grau de selvageria. Num futuro mais ou menos próximo, será necessário escolher entre o suicídio coletivo e a utilização inteligente das conquistas científicas”. Viu que coisa profética? Era um homem notável. Ganhou o Prêmio Nobel de Literatura aos 44 anos. Foi um brilhante jornalista, cuja pena esteve sempre na defesa da Liberdade, da Justiça e da Esperança para todos os homens. Morreu tragicamente aos 47 anos de idade, num desastre de automóvel, tendo uma passagem de trem no bolso. Ele disse também, num de seus melhores livros — *A Peste*:

"O que se aprende no meio dos flagelos: que há nos homens mais coisas a se admirar do que coisas a desprezar". São homens assim que podem salvar o mundo. Mas eu quero dar alguma coisa de mim nesta luta insana. Quero provar, pela minha existência, que logo será truncada, miseravelmente, por causa da bomba, que não podemos continuar fazendo de conta que isso não existe. Eu existo, não sou Anne Frank, mas existo. Estou morrendo como ela também morreu, pela estupidez dos homens. Ó meu Deus — o que resta para admirar, como diz Camus? Talvez a luta de muitos homens decentes que passam a vida nos laboratórios, descobrindo a cura para as doenças. A luta de homens decentes nos Tribunais, defendendo os inocentes. A luta de homens decentes nos púlpitos e nos palanques, defendendo a Liberdade e a Justiça para todos os homens. A luta de homens decentes, trabalhando para uma vida melhor entre os homens. Os que ensinam e pregam a paz, consolam os humildes. Os que adotam crianças ou cuidam de orfanatos e asilos... mas afora isso, meu Deus! Tanta ganância, tanta infâmia, tanta violência! Em nome de quê? De um pseudoprogresso, da avidez do dinheiro, da posse de um título, de um cargo, do Poder?

No meio do inverno eu aprendia enfim que havia em mim um verão invencível. De novo, Camus. Veja, Isamu, que coisa linda ele escreveu! Eu estou no meio do inverno, mas não vou me entregar, juro! Vou ter em mim esse verão invencível, porque posso ser um símbolo nessa luta toda contra as usinas atômicas, contra a violência que domina o mundo. Li outro dia nos jornais que cresce a venda de armas de fogo, de estiletes, coletes à prova de balas, sem falar nas grades em volta das casas, dos vigias armados. Você dirá: é por causa da violência. E se todo mundo andar armado, Isamu? O que acontecerá? Alguém esbarra no outro, o outro saca: *fogo*!

Aonde nos levará tanta violência? Até as crianças são regadas diariamente com filmes de violência. Até nos desenhos animados ela existe, e se reflete depois, como diz irmã Alícia, na própria escola. Saem brigas horríveis, as crianças tentando imitar os heróis de quadrinhos ou da TV. Se não fossem separadas, poderiam se machucar seriamente... isso sem falar em dirigentes sádicos, como aquele Khomeini, que armam crianças desde os 10 anos de idade e as mandam morrer em pseudoguerras "santas". Isso é simplesmente animalesco!

Akio diz que no Japão as crianças são criadas segundo o *Amaeru*, que significa "ser mimado". Mistura

de afeto/carinho/gentileza. Sempre ao lado da família, carregadas, inclusive, de encontro ao corpo, envoltas naquela faixa, o *obi*, que dá voltas em torno da mãe e da criança, formando um ser único. As crianças crescem conscientes de que vão trabalhar e viver em grupo, nunca sozinhas, respeitando a unidade desse mesmo grupo. Aqui em casa, fomos criadas assim, eu e minhas irmãs, segundo o *Amaeru*. Sempre perto de nossos pais, conversando e participando, com muita delicadeza e gentileza. Papai nunca gritou ou bateu em nós. Nunca dirigiu à mamãe uma palavra áspera. Ele é um homem gentil. Não precisa gritar para mostrar autoridade. Quando ele quer ser obedecido, sabe nos convencer. Sua autoridade vem da fala suave, da convicção com que nos fala. Muita gente inveja mamãe. Outro dia uma amiga lhe disse:

— Também, com um marido desses, quem não é feliz?

Sou uma nissei, nasci aqui no Brasil, filha de pai japonês. Os japoneses são uma etnia admirável. É o segundo país do mundo em tecnologia, como conta papai. Ele diz isso, mas se sente muito brasileiro, claro, ele é até naturalizado. Mas admira muito a terra dos seus ancestrais. Outra coisa de que gosto nos países do Oriente é que eles respeitam muito os velhos, sabe, Isamu? Os velhos são o repositório de toda a sabedoria, são respeitados e amados. Os ocidentais desprezam os velhos. Os velhos não conseguem empregos, amigos, diversão. São ridicularizados em programas de TV, como pessoas surdas, idiotas, desinteressantes.

Isso tudo é mentira! Há quem já nasça surdo. Surdez não é característica da velhice. Mamãe, mesmo, é surda de um ouvido e é supernova. Os velhos gostam de contar histórias. Mamãe sempre diz que "eles são a memória viva de um tempo que sem eles ficaria perdido". Adoro conversar com os mais velhos. Madre Alícia, por exemplo, é legal, conta histórias lindas. Adoraria ter o meu avô Isamu, contando histórias do velho Japão, isso antes da bomba. Tenho meus avós brasileiros, pais de mamãe, a Clara e o João. Eles são ótimos! Contam histórias e são respeitados por toda a família. Graças a Deus não temos velhos em asilos na nossa família. Mas quantos estão assim, rejeitados e infelizes?

Mamãe visita muito o asilo aqui da cidade. Eu ia sempre com ela. Levávamos doces, roupas, mas principalmente nosso carinho. Tinha uma velhinha que, quando me via, falava:

— Lá vem a japonesinha que gosta de conversar...

Agora não tenho ido mais por causa da minha doença. Mas, assim que melhorar, eu voltarei. Será que vou melhorar, meu diário? Sempre existe uma esperança, não é mesmo? Quem foi que disse que ela é a última que morre? Só espero não morrer antes da minha esperança!

V
E SE FEZ NOITE

Madre Alícia sorri para Hanako.

— Tenho uma novidade para você.

— Qual, irmã?

— Você não quer ser escritora? Pois vem uma escritora aqui no colégio, o mês que vem, falar com os alunos. Ela é de São Paulo, autora daqueles livros que vocês leram...

— Vem mesmo? A Ariadne?

— Já escreveu confirmando. Você vai conhecer uma escritora de perto.

— Que boa notícia, irmã Alícia.

— Como vão suas pernas?

— Pior, irmã, não consigo mais andar. Coitada da mamãe que tem de me carregar por toda parte.

— Tenha fé, minha filha, reze muito.

— Não tem jeito, irmã. Quem sabe ainda descobrem a cura para a minha doença...

— Claro que descobrem, querida... — disfarça a irmã, comovida. — Você é uma menina corajosa, não é?

— Eu não tenho medo, não. Só queria que o Akio não ficasse tão triste.

— Pois vamos esquecer a tristeza agora. No mês que vem vai ter uma festa pra Ariadne, e você vai conversar com ela, contar os seus planos... aliás você já escreve um diário, não é?

— Ué, quem contou?

— A Mieko, mas ela não fez por mal. Disse que você já era escritora porque escrevia no diário.

— Igualzinho ao *Diário de Anne Frank*, irmã. Só que o meu se chama Isamu, que era o nome do meu avô japonês.

— Não fique aborrecida por eu ter falado no seu diário. E prepare-se para a visita da escritora. Garanto que ela vai gostar de conhecer uma colega.

A mesa sobre o palco. Crianças ao redor. Sentada, uma mulher de meia-idade, sorridente. De repente, algo atrai sua atenção. Ao seu lado, numa cadeira, é colocada uma menina adolescente, que veio no colo da mãe. Uma professora apresenta:

— Ariadne, esta é Hanako. Quer ser escritora como você. E já escreve um diário...

— Muito prazer, Hanako — a autora sorri para a garota, beija-a no rosto. A garota sorri também.

— Já li todos os seus livros. Gosto muito de ler. É pena que às vezes me sinto fraca...

— Mas você vai ficar boa logo, para ser escritora como eu. Que idade você tem?

— Treze anos; fiz em agosto.

— Pois eu comecei a escrever aos nove. Continue sempre escrevendo, lendo bastante. Assim você se transforma numa autora.

— Ah, quero tanto! Sabe, eu li o *Diário de Anne Frank*; ela é tão parecida comigo. A gente é vítima da mesma guerra...

A autora se sobressalta:

— Como assim? Anne viveu durante a Segunda Grande Guerra, isso faz quarenta anos...

— Meu pai vivia no Japão, nessa época...

— Não entendo a relação...

— Meu pai morava em Hiroshima, quando jogaram a bomba atômica. Meus avós morreram, só ele se salvou. Mas foi vítima das radiações atômicas e isso passou para mim. Não viu que não ando mais, que vim no colo da mamãe? Tenho uma doença nos ossos, não sei quanto tempo vou viver...

A outra, atônita. As lágrimas tentando saltar dos olhos. Segura-se, tenta sorrir. Nada faz sentido, Deus! A coragem daquela garota, o tom suave da voz, a aceitação... — Cadê a revolta? E adiantaria alguma coisa? O que dizer? É a própria garota quem responde:

— Tenho de ir agora, estou muito fraca. Suo muito, às vezes tenho falta de ar. Mas foi tão bom conhecer você!

Os olhares das duas se cruzam... o olhar de Hanako translúcido/afogueado, na face pálida e linda. Os dedos cheios de anéis, frágeis como pistilos de flor.... as pernas encolhidas, atrofiadas... A mãe toma-a no colo, ela se inclina e, beijando de leve a face de Ariadne, diz:

— Eu também vou ser uma escritora como você... se tiver tempo!

O que foi que aconteceu nesses minutos mágicos de conversa? Algo mudou, certamente, por ali... Ariadne já não sorri como antes, algo confrange/aperta seu coração. Em torno dela, dezenas, centenas de crianças sadias e fortes, risonhas e barulhentas:

— Me dá um autógrafo!

Ela assina, assina, assina, como um autômato... Depois responde a perguntas de pais, professores, das próprias crianças; uma pergunta a respeito de um livro seu que fala de um filho natural:

— Por que você escreve histórias proibidas?

— Porque não existem histórias proibidas...

Onde, onde está Hanako? Seria a história dela uma história proibida? Vontade de sair correndo, sentar-se na primeira máquina e escrever, gritar, denunciar... ao tolo/vasto mundo aquela trajetória de criança:

— Eu também vou ser escritora como você... se tiver tempo!

O tempo de Hanako, a coragem do tempo... quanto, quando?

— Está pensando na menina? — Madre Alícia pousa a mão suave no seu ombro, depois da palestra, e conta em poucas palavras todo o drama familiar de Hanako.

— Vou escrever a história dessa menina.

— Com que finalidade, Ariadne?

— A da denúncia. A de pôr o dedo na ferida, mostrar o absurdo de tudo isso. De como os inocentes pagam pelos culpados, gerações sem fim...

— E vai adiantar alguma coisa?

— Sempre adianta alguma coisa, irmã. Se todos nos calarmos, seremos todos coniventes. E eu não posso calar. Hanako está na minha garganta, é preciso gritá-la, explodi-la, arrancá-la de mim...

— Você está nervosa, minha filha, se acalme — pede a irmã.

— Há 317 usinas nucleares em funcionamento no mundo e mais 200 em construção, irmã. Mesmo com a desculpa de uso da energia nuclear para fins pacifistas, não dá para se acalmar... talvez nem voltar atrás, sabe? Mas, quem sabe, possamos exigir mais segurança, mais bom senso... sei lá... talvez seja tarde demais para o Homem!

Hanako se achega mais ao pai, a seu lado na cama:

— Akio, prometa uma coisa!

— O que quiser, flor.

— Prometa que não ficará triste... nunca.

— Eu não ficarei.

— Ah! Sua boca fala e seus olhos choram. Prometa de verdade, pai.

— Por que, *tsubomi*?

— Porque não quero ver meu Akio triste, nunca. Aconteça o que acontecer, entendeu? Porque eu amo essa sua alegria, essa sua bondade...

— Não sei se ainda sou bom ou alegre. Tenho o coração apertado.

— Pois quero que continue alegre. Olhe, hoje eu conheci uma escritora lá no colégio. Foi tão gentil comigo.

Disse para eu ler e escrever bastante para ser uma escritora como ela. Se eu tiver tempo, lógico!

— Ainda há esperança, flor! Ninguém sabe ao certo, eu não enganei você.

— Claro, Akio, eu sei disso! Então fiquei animada, sabe? Vou continuar lendo e escrevendo... me compra mais livros, pai?

— Que livros você quer?

— Você escolhe. Mas não quero só livros para minha idade. Quero ler tudo... Queria ler um livro daquele autor que você tanto gosta... o Camus. Só conheço alguns trechos do que ele escreveu.

— Isso é fácil: pego na biblioteca aqui de casa.

— Acharam a boneca que eu pedi?

— Sua mãe viu uma boneca japonesa numa loja...

— Queria uma boneca igual a mim, mestiça.

— Isso é difícil, filha. Não serve a *ningyou*? É bonita. Lembra a Yuriko, sua avó.

— Serve, sim. Você traz pra mim, Akio?

— Por que você quer tanto a boneca japonesa, filha?

— Segredo meu. Qualquer dia eu conto para você.

— Conte agora... gostaria tanto.

— Quer mesmo saber?

— Claro que eu quero! Não confia mais no Akio?

Hanako, muito séria, olha dentro dos olhos do pai:

— Foi uma ideia que tive outro dia. Que se algum dia eu não estiver mais por aqui, você tem a boneca para ficar no meu lugar... e nunca esquecer de mim.

Akio não responde. Abraça Hanako forte, os dois corações pulsam no mesmo ritmo. Lá fora começa a chover, chuva forte de verão, como se quisesse lavar a terra de todas as tristezas, de todas as dores. Uma grande enxurrada de luz e de alegria...

— Também quero dar um presente para você, *tsubomi* — diz o pai, depois de instantes de silêncio.

— Que presente, papai?

— O que mais você quer no mundo?

— Ah, papai, eu quero sarar, lógico!

— Então, minha filha, a gente vai viajar, primeiro para São Paulo, tentar um novo tratamento lá. Se precisar, a gente viaja para outro país. Ouvi falar de novas drogas que surtem muito efeito...

— Só nós dois?

— Só nós dois. Mamãe fica cuidando da Yoshiko e da Mieko.

— E quando a gente vai?

— O mais rápido possível. Já estou providenciando tudo. Ficamos hospedados na casa dos seus tios. Tem a Patrícia...

Hanako, contente:

— Gosto muito da Patrícia. Vai ser bom. E não atrapalha os estudos, papai?

— Vou falar com madre Alícia, pedir uma licença para você. Vai entender, só queria saber se você está de acordo...

— Tudo que você fizer eu topo, papai, você sabe.

Abraça-a novamente. A chuva canta nas calhas, como num solo de música.

— Akio?

— Que é, *tsubomi*?

— Eu vou morrer?

— Não sei, filha, sinceramente, não sei. Tenho muita esperança de que você possa viver...

— Quanto tempo?

— Também não sei, filha. Mas espero que muito tempo... Ainda que você não possa andar, tenha de viver tomando medicamentos, mas esteja viva, isso é o que importa!

— Eles encontraram a Anne — diz Hanako.

— Quem é Anne?

— A Anne Frank, paizinho. Eles a encontraram e a levaram para o campo de concentração. Ela morreu lá.

— Não pense em coisas tristes, filha. Foi há tanto tempo...

— Mas poderia ser hoje, não poderia? — Hanako sorri, triste. — Quando eu estava falando com a Ariadne,

no colégio, eu descobri, de repente, e disse isso pra ela, que eu e a Anne éramos vítimas da mesma guerra...

Akio olha profundamente a menina que tem à sua frente. Uma menina? Ou uma mulher? Quando haveria realmente *heiwa*, a paz? — Da mesma guerra — repete, suspirando fundo.

— Akio, olhe! — Hanako aponta com o dedo alguma coisa lá fora...

Akio segue com os olhos a direção indicada.

— Que foi, filha?

— Nasceu a rosa vermelha. Que linda! Colhe pra mim, papai...

— Você quer mesmo que eu a colha para você? Ela está tão linda ali, no galho solta sob a chuva... *jiyuu*, livre!

— É mesmo, Akio, deixa ela. Dura tão pouco. Eu sou parecida com uma rosa também. Vou durar tão pouco!

— Não fique triste, minha filha, você é uma *akai bara*, a rosa vermelha. Não existe outra igual, tenha a certeza. Você é única! Por isso terá seu tempo de flor...

Hanako passa os braços em torno do pescoço de Akio:

— Sabe que eu amo você?

— Eu também a amo, muito... você foi sempre a minha preferida, mas não conte pra elas, hein? Fica sendo o nosso segredo; não vou colher aquela rosa para você, mas em pensamento eu lhe dou esta rosa...

— Para quê? — pergunta Hanako.

A resposta, Akio murmura, baixinho:

— *Bara o wasurenaide*...

Ela entende o que ele diz:

— NÃO SE ESQUEÇAM DA ROSA...

Pensem nas crianças
Mudas telepáticas
Pensem nas meninas
Cegas inexatas
Pensem nas mulheres
Rotas alteradas
Pensem nas feridas
Como rosas cálidas
Mas oh não se esqueçam
Da rosa da rosa
Da rosa de Hiroshima
A rosa hereditária
A rosa radioativa
Estúpida e inválida
A rosa com cirrose
A antirrosa atômica
Sem cor sem perfume
Sem rosa sem nada

(VINÍCIUS DE MORAIS, *Rosa de Hiroshima*. In: JOÃO CARLOS PECCI, *Vinicius sem ponto final*. São Paulo: Saraiva, 1994.)

Você escreve sobre fatos reais?, essa é a pergunta que mais ouço ao fazer palestras para adolescentes. A questão implícita é: **A arte imita a vida ou é a vida que imita a arte?**

Acredito que o(a) escritor(a) tenha um papel social: dar voz aos calados/oprimidos de qualquer tipo. Os grandes mestres da literatura sempre fizeram isso — comoviam seus leitores, provocando revolta, até mesmo clamor contra injustiças denunciadas.

Se é assim, **a arte imita a vida**. Melhor dizendo, recria a vida. Se um(a) autor(a) escreve apenas sobre o que vê ou ouve, faz reportagem ou matéria para jornal — sei disso porque também sou jornalista. Mas se, partindo da realidade, cria seus personagens, mergulhando fundo na *psique* [em grego, *alma*] deles, aí sim, estará fazendo **literatura**.

A vida, porém, às vezes cria situações tão insólitas que mesmo o mais imaginativo dos criadores jamais as conceberia. A vida é surpreendente. Maravilhosa e terrível ao mesmo tempo. Então, em certos casos, **a vida imita a arte**. O principal é que a história seja boa, prenda o leitor, desde a primeira página. E o faça chorar e/ou rir — melhor ainda: o faça pensar!

Giselda Laporta Nicolelis

Sobre a ilustradora

Nasci em Indaiatuba, interior de São Paulo, em 1961.

Sempre me interessei por desenhos; portanto nunca tive a menor dúvida em relação ao trabalho que gostaria de exercer. Comecei bem cedo, aos 16 anos. Estagiei e trabalhei com Maurício de Sousa por dois anos. Depois passei uns dez anos atuando como ilustradora em agências de publicidade. Quando resolvi trabalhar sozinha, tive a oportunidade de ampliar meu campo de atuação, trabalhando não só para o mercado editorial, como também para agências de *design* de embalagens.

Ilustrei, também pela Editora Saraiva, a obra *Matéria de delicadeza*, de Stela Maris Rezende.

COLEÇÃO JABUTI

Adeus, escola ▼◆🗐⊠
Amazônia
Anjos do mar
Aprendendo a viver ◆⌘■
Aqui dentro há um longe imenso
Artista na ponte num dia de chuva e neblina, O ✻★☨
Aventura na França
Awankana ✎☆☨
Baleias não dizem adeus ✻🕮☨○
Bilhetinhos ✪
Blog da Marina, O ☨✎
Boa de garfo e outros contos ◆✎⌘☨
Bonequeiro de sucata, O
Borboletas na chuva
Botão grená, O ▼✎
Braçoabraço ▼⚐
Caderno de segredos ❑◎✎🕮☨○
Carrego no peito
Carta do pirata francês, A ✎
Casa de Hans Kunst, A
Cavaleiro das palavras, O ★
Cérbero, o navio do inferno 🕮☑☨
Charadas para qualquer Sherlock
Chico, Edu e o nono ano
Clube dos Leitores de Histórias Tristes ✎
Com o coração do outro lado do mundo ■
Conquista da vida, A
Da matéria dos sonhos 🕮☑☨
De Paris, com amor ❑◎★🕮⌘⊠☨
De sonhar também se vive...
Debaixo da ingazeira da praça
Desafio nas missões
Desafios do rebelde, Os
Desprezados F. C.
Deusa da minha rua, A 🕮☨○
Devezenquandário de Leila Rosa Canguçu ✈
Dúvidas, segredos e descobertas
É tudo mentira
Enigma dos chimpanzés, O
Enquanto meu amor não vem ●✎☨
Escandaloso teatro das virtudes, O ✈☺

Espelho maldito ▼✎⌘
Estava nascendo o dia em que conheceriam o mar
Estranho doutor Pimenta, O
Face oculta, A
Fantasmas ☨
Fantasmas da rua do Canto, Os ✎
Firme como boia ▼☨○
Florestania ✎
Furo de reportagem ❑✪◎🕮⚐☨
Futuro feito à mão
Goleiro Leleta, O ▲
Guerra das sabidas contra os atletas vagais, A ✎
Hipergame ɞ🕮☨
História de Lalo, A ⌘
Histórias do mundo que se foi ▲✎✪
Homem que não teimava, O ◎❑✪⚐○
Ilhados
Ingênuo? Nem tanto...
Jeitão da turma, O ✎○
Lelé da Cuca, detetive especial ☑✪
Leo na corda bamba
Lia e o sétimo ano ✎■
Luana Carranca
Machado e Juca †▼●☞☑☨
Mágica para cegos
Mariana e o lobo Mall 🕮☨
Márika e o oitavo ano ■
Marília, mar e ilha 🗐✍✎
Matéria de delicadeza ✎☞☨
Melhores dias virão
Memórias mal-assombradas de um fantasma canhoto
Menino e o mar, O ✎
Miguel e o sexto ano ✎
Miopia e outros contos insólitos
Mistério mora ao lado, O ▼✪
Mochila, A
Motorista que contava assustadoras histórias de amor, O ▼●🗐☨
Na mesma sintonia ☨■
Na trilha do mamute ■✎☞☨
Não se esqueçam da rosa ♠☨
Nos passos da dança

Oh, Coração!
Passado nas mãos de Sandra, O ▼◎☨○
Perseguição
Porta a porta ■🗐❑◎✎⌘☨
Porta do meu coração, A ◆⚐
Primeiro amor
Quero ser belo ☑
Redes solidárias ◎▲❑✎⚐☨
Reportagem mortal
romeu@julieta.com.br ❑🗐⌘☨
Rua 46 †❑◎⌘☨
Sabor de vitória 🗐☨○
Sambas dos corações partidos, Os
Savanas
Segredo de Estado ■☛
Sete casos do detetive Xulé ■
Só entre nós – Abelardo e Heloísa 🗐■
Só não venha de calça branca
Sofia e outros contos ☺
Sol é testemunha, O
Sorveteria, A
Surpresas da vida
Táli ☺
Tanto faz
Tenemit, a flor de lótus
Tigre na caverna, O
Triângulo de fogo
Última flor de abril, A
Um anarquista no sótão
Um dia de matar! ●
Um e-mail em vermelho
Um sopro de esperança
Um trem para outro (?) mundo ✖
Uma trama perfeita
U'Yara, rainha amazona
Vampíria
Vida no escuro, A
Viva a poesia viva ●❑◎✎🕮☨○
Viver melhor ❑◎☨
Vô, cadê você?
Zero a zero

★ Prêmio Altamente Recomendável da FNLIJ
☆ Prêmio Jabuti
✻ Prêmio "João-de-Barro" (MG)
▲ Prêmio Adolfo Aizen - UBE
✍ Premiado na Bienal Nestlé de Literatura Brasileira
☛ Premiado na França e na Espanha
☺ Finalista do Prêmio Jabuti
☝ Recomendado pela FNLIJ
✖ Fundo Municipal de Educação - Petrópolis/RJ
✪ Fundação Luís Eduardo Magalhães

● CONAE-SP
☨ Salão Capixaba-ES
▼ Secretaria Municipal de Educação (RJ)
■ Departamento de Bibliotecas Infantojuvenis da Secretaria Municipal da Cultura/SP
◆ Programa Uma Biblioteca em cada Município
❑ Programa Cantinho de Leitura (GO)
♠ Secretaria de Educação de MG/EJA - Ensino Fundamental
☞ Acervo Básico da FNLIJ
✈ Selecionado pela FNLIJ para a Feira de Bolonha

✎ Programa Nacional do Livro Didá
🕮 Programa Bibliotecas Escolares (
ɞ Programa Nacional de Salas de L
🗐 Programa Cantinho de Leitura (M
◎ Programa de Bibliotecas das Escol Estaduais (GO)
† Programa Biblioteca do Ensino Médi
⌘ Secretaria Municipal de Educação/
⊠ Programa "Fome de Saber", da Faz
⚐ Secretaria de Educação e Cultura da
○ Secretaria de Educação e Cultura de